EL BARCO DE VAPOR

Fray Perico
y la primavera

Juan Muñoz Martín

www.
literatura**sm**
.com

Primera edición: octubre de 2003
Décima edición: junio de 2014

Dirección editorial: Elsa Aguiar

© del texto: Juan Muñoz Martín, 2003
© de las ilustraciones: Antonio Tello, 2003
© Ediciones SM, 2003
  Impresores, 2
  Urbanización Prado del Espino
  28660 Boadilla del Monte (Madrid)
  www.grupo-sm.com

ATENCIÓN AL CLIENTE
Tel.: 902 121 323
Fax: 902 241 222
e-mail: clientes@grupo-sm.com

ISBN: 978-84-348-9614-7
Depósito legal: M-42675-2010
Impreso en la UE / *Printed in EU*

Ninfa y Maty:
¡Que llega ya de nuevo
fray Perico con sus alforjas
llenas de alegría!

A vosotras este nuevo libro.

1 *La mariposa*

FRAY Procopio fue el primero en darse cuenta de que había llegado la primavera.

Estaba observando distraído las fases de la Luna, recorriendo con su catalejo los vastos desiertos del satélite, cuando vio, ¿qué diréis que vio?, una mariposa de bellísimos colores.

—¿Qué estoy viendo? ¿Una mariposa? ¡Ha debido de llegar la primavera! –fray Procopio miró de nuevo por el agujerito y, ¡uf!, se restregó los ojos. La mariposa era azul, verde, amarilla y colorada.

—¿Será posible?

El fraile, tembloroso, dejó su catalejo y se acercó a una vitrina de cristal donde se alineaban docenas de insectos: mariposas, relucientes escarabajos... Fray Procopio estaba orgulloso de su colección de mariposas. Solo le faltaba una. Solo quedaba un huequecito en la colección, un huequecito blanco, en el que había clavado un pequeño letrero: *Acherontia atropos*, mariposa azul, verde, amarilla y colorada.

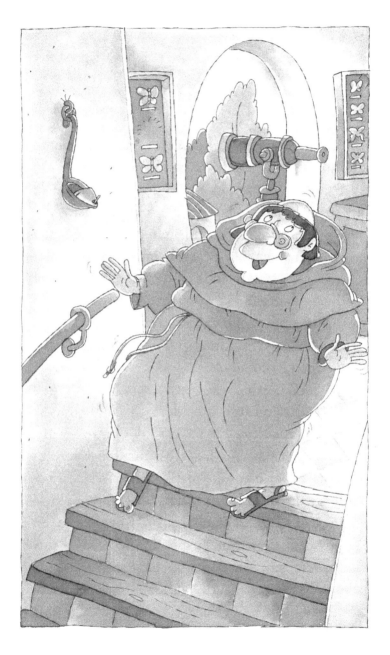

El fraile salió corriendo escaleras abajo.

—Hermanos, hermanos. ¡Una mariposa azul, verde...!

Los frailes no le dejaron terminar. Estaban hartos de buscar todas las primaveras la dichosa mariposa azul, verde, colorada y amarilla. Florecían los almendros y aparecía la mariposa, pero nunca, nunca habían logrado cazarla.

—¿Una mariposa? ¿Dónde?

—Yo qué sé, lejísimos. La he visto por el telescopio allá en la Luna, encima de una montaña.

Los frailes subieron empujándose unos a otros hasta el alto torreón de fray Procopio y miraron ávidamente a través del anteojo.

—Es verdad, es una mariposa azul, verde, colorada y amarilla –observó fray Cucufate, el del chocolate.

—¡Qué lástima que esté tan lejos! –se lamentó fray Olegario, el bibliotecario.

—¡Y está posada en un almendro! –dijo fray Sisebuto, a quien no se le escapaba una.

—¡Y al lado está fray Mamerto cavando con su azadón! –exclamó fray Bautista el organista.

Fray Silvino, el del vino, se dio cuenta de

que el anteojo, en vez de mirar a la Luna, señalaba el huerto del convento y gritó:

—¡Vamos! No está en la Luna, está en el huerto. En lo alto del almendro grande.

Los frailes corrieron escaleras abajo y salieron en tropel, por la puerta de la cocina.

—¿Qué pasa? ¿Se ha escapado el gato? –preguntó fray Pirulero, cogiendo la escoba.

Fray Mamerto, que oyó aquel alboroto, tiró el azadón e interrogó a los frailes:

—¿Qué pasa, hermanos? ¿Hay fuego?

—No, no, una mariposa. Es azul, verde, colorada y amarilla.

—¿La que le falta a fray Procopio?

—La misma.

—¿Dónde está?

—Ahí arriba, en una rama del almendro.

—¡A por ella!

Y los frailes, encaramándose unos sobre otros, entre gritos de ánimo, risas y empujones, se subieron al árbol.

—¿Dónde está?

—Más a la derecha, en la rama más alta –gritaba fray Procopio desde su torreón, mirando a través de su telescopio.

Pero la rama, con tanta flor, con tanto fraile, no pudo más, se dobló, se dobló, luego se levantó y todos los frailes salieron despedidos por el aire detrás de la mariposa, para caer sobre los repollos y las coliflores, que ya despuntaban, entre los rosales y la margaritas de la primavera.

2 *La escalera coja*

AHORA la mariposa se cimbreaba en la rama de un zarzal, un zarzal espinoso que se enternecía en su cima, abriéndose en rosas amarillas.

—Está en el espino –gritó fray Procopio, desde su minarete.

Fray Perico fue a buscar la escalera. Tenía fray Pirulero una escalera de tijera alta, muy alta, que le servía para quitar las telarañas, para limpiar el retablo de la iglesia y para coger al gato cuando se subía a la acacia y no sabía bajar.

Entre fray Perico y fray Sisebuto llegó la escalera, muy ufana de poder servir a los frailes en tan fantástica aventura. La escalera estaba un poco coja, de un reúma que había pillado en la bodega de fray Silvino, un lugar poco conveniente para escaleras viejas y apolilladas.

—No me fío de esta escalera –dijo fray Mamerto.

«Pues no te subas», pensó enojada la escalera.

—Subiré yo –dijo fray Silvino–, que peso poco.

—Subiré yo –dijo fray Cucufate–, que tengo el brazo más largo.

—Subiré yo, que no me mareo –dijo fray Balandrán, el sacristán.

—Subiré yo –protestó fray Pirulero–, que para eso es mía la escalera.

Subiré yo, subiré yo... y se subieron todos, unos por un lado y otros por el otro.

«Solo falta fray Sisebuto», pensó la escalera. «No puedo más. ¡Dichosos frailes, me van a partir en dos!»

Y como faltaba fray Sisebuto, se subió fray Sisebuto y, detrás, el gato de fray Pirulero, pensando que los frailes se iban al cielo y le iban a dejar solo.

La escalera no pudo más, contuvo la respiración, se le enturbiaron los ojos y, ¡cataplum!, se desplomó convertida en un puñado de serrín.

El gato voló por encima de la tapia, la mariposa voló por encima del gato y los frailes, como no sabían volar, cayeron donde pudieron entre rosas y espinas, y entre risas y lamentaciones, encima del zarzal, que los esperaba con los brazos abiertos.

3 Un chapuzón en el Tormes

—¡Ay mi cabeza! –se lamentó fray Pirulero, levantándose de la zarza, erizado de púas como un cacto.

—¡Ay mi espalda! –exclamó fray Balandrán, con el hábito tan agujereado que parecía un colador.

—¿Dónde está la mariposa? –preguntó fray Procopio levantándose dolorido, pero sin dejar de pensar en su insecto.

—¡Ah, ya la veo por allí, al otro lado del huerto! –exclamó fray Sisebuto.

Los frailes saltaron la tapia ayudándose unos a otros, pero fray Olegario perdió una zapatilla y fray Cucufate el cordón y tres botones. Volaba la mariposa camino de Salamanca, parándose en cada flor, saltando los arroyos, subiendo, de pronto, a la copa de una encina y bajando al instante, para burlarse de los frailes, que la seguían jadeantes, con la lengua fuera.

—Ya es mía –gritaba fray Mamerto, lanzándose sobre un cardo.

—¡Que te crees tú eso! –reía la mariposa, dando una voltereta en el aire.

En diez minutos llegaron a Salamanca, y eso que estaba a unos veinte kilómetros del convento. Pero aquellos veinte kilómetros se convirtieron en cincuenta, de las vueltas y revueltas que hubieron de dar detrás del escurridizo insecto, de los árboles que tuvieron que subir y bajar, de los montes que se vieron obligados a trepar, de los tropezones, de las caídas, de las galopadas...

Al fin, la mariposa enfiló el puente sobre el Tormes, el famoso puente por donde cruzara cientos de años atrás el pobre Lazarillo. Pero la cosa fue que, en vez de pasar por encima, como todo buen cristiano, la mariposa se empeñó en pasarlo por debajo. Al llegar al tercer ojo, se le ocurrió tirarse de cabeza y todos los frailes se tiraron de cabeza. Bueno, todos no. Todos salvo fray Perico y fray Olegario, que estuvieron en un tris de coger la mariposa por el aire, pero también se libraron por un pelo de romperse una pierna al caer en el lecho no muy profundo del río.

Los demás volvieron hacia atrás y vadearon la corriente, saltando sobre las piedras detrás de la mariposa, que entraba por un ojo del puente y salía por otro, que se posaba en un junco o se dejaba llevar por el río flotando sobre una hoja.

4 *La garlopa de fray Opas*

FRAY Opas era un hacha con la garlopa. Cogía un pino y, ¡zis, zas!, ¡zis, zas!, le quitaba la corteza; luego, ¡tas, tas, tas!, tomaba el cincel y hacía una columna para un retablo, o una puerta para la sacristía, o una mesa para la cocina. Con lo que sobraba, hacía una escoba para fray Pirulero; y con lo que sobraba de lo que sobraba, virutas para encender la lumbre; y con lo que sobraba de lo que sobraba, serrín para la escoba de fray Pirulero.

El taller de fray Opas tenía una puerta; era una puerta vieja, gruñona y cabezota. No dejaba entrar a nadie, solo dejaba pasar el frío por sus tablas mal clavadas y al gato del convento, que se colaba por la gatera.

—¿Por qué no cambias la puerta, fray Opas?

Pero fray Opas no cambiaba la puerta; era tan cabezota, tan gruñón, tan malas pulgas como ella.

Entraba fray Opas, y la puerta se abría de par en par; entraban los frailes, y la puerta se cerraba y rechinaba los dientes, arrastrando sus torpes pies de madera en el serrín o en la viruta.

Ya hemos dicho que fray Opas era un hacha con la garlopa.

Cuando estaba inspirado, cogía un tronco de haya o de cedro o de un triste roble y hacía un santo: un santo con barbas, un San Cucufate bendito, un San Antón con su cerdito y la gallina "pon", un San Sisebuto...; hacía santas de ojos de almendra y, ¿por qué no?, demonios, dragones y angelotes de redondas caras mofletudas.

¡Pam, pam, pam!, fray Opas trabajaba de sol a sol; ¡pam, pam!, dos golpes y un paso atrás. Ahora salía de la tosca madera una pierna, ahora un brazo, ahora una cara...

¿Una cara? ¿Qué cara? ¿La de San Cucufate?

Y todos los frailes creían que San Cucufate tenía que ser igualito que fray Cucufate, el del chocolate, y todo eran discusiones y protestas cada vez que fray Opas daba un martillazo sobre la madera.

—La boca derecha –decía uno.

—La boca torcida –rectificaba otro.

—La barba redonda –aconsejaba el de más allá.

—La barba picuda –añadía el de más acá.

—Los ojos de avellana...

—Los ojos de almendra...

Y fray Opas se hartaba. Cerraba el ventanillo con la persiana, atrancaba la puerta y quemaba virutas para ahuyentar, con el humo, a los mirones de la chimenea.

Otros días fue un San Sisebuto, y aquel San Sisebuto lo talló fray Opas, delgadito, con poca nariz, bajito y chupado como tenía que ser y nada más.

Pero fray Sisebuto, el herrero, como ya sabéis, era enorme, gordo y colorado, y doblaba las barras de hierro con los dientes, como si fueran pastillas de chocolate. Y los frailes se enfadaron.

—¡Vaya un San Sisebuto! ¡Parece un fideo!

—¡Y le falta la barba!

—¡Y le falta el martillo!

Luego llegó fray Castor, el pintor, que era un frailecillo nuevo que acababa de llegar de la universidad de Salamanca y que pintaba como los propios ángeles.

Y fray Castor pintó los ojos de San Sisebuto de color azul y fray Sisebuto los tenía verdes y se armó la marimorena. Sobre todo cuando le pintó la barba rubia y fray Sisebuto tenía su barba negra, como el hollín de la fragua.

En resumidas cuentas, que fray Opas tuvo que arrinconar al santo recién salido de su escoplo y tallar, de nuevo, otro San Sisebuto, enorme, con cara de bruto, con la barba negra y los ojos verdes.

5 A Salvadiós

LLEGABA luego la despedida. Los santos de fray Opas salían del convento entre abrazos y lágrimas. Muchos frailes acompañaban al santo a su destino, montados en un carro enorme, tirado por bueyes. A veces el camino era corto, a la iglesia o ermita de un pueblo cercano. Pero la fama de fray Opas había llegado muy lejos y la familia de los frailes se extendía hasta muchos kilómetros a la redonda.

Aquella vez, San Sisebuto iba muy lejos, a un pueblecillo llamado Salvadiós, más allá de Peñaranda de Bracamonte, un pueblo con dos balsones, uno grande y otro chico, y un árbol muy alto, el árbol del señor León, y una iglesia muy bonita con una torre que se estaba cayendo.

Los chicos del pueblo esperaban subidos en el árbol y cuando vieron aparecer el carro por el alto de Gimialcón, sacaron sus pañuelos, y Pedro el del palomar soltó cien palomas.

Llegó el carro, y el alcalde, que era muy grueso, abrazó al santo y mandó ponerlo en su altar, un altar de columnas retorcidas, que

también había hecho fray Opas. Hubo cánticos, incienso y agua bendita. A todo esto, fray Sisebuto estaba en un rincón, medio llorando, medio rezando, pues sentía separase de aquel hermano tan parecido a él y al que había tomado cariño. Mientras lloraba el bueno de fray Sisebuto, los demás frailes engancharon el carro y se fueron, sin darse cuenta de que el herrero no regresaba con ellos.

Terminados los rezos y los cánticos, se hallaban en la sacristía los cofrades de San Sisebuto tomando una copita de anís y unas rosquillas para celebrar la fiesta, cuando llegaron dos viejecillas gritando:

—¡Se va el santo, se va!

—¿Que se va el santo?

—Sí, va por la carretera. Debe de estar enfadado. Salió de la iglesia, dio un portazo y se fue. Los cofrades salieron corriendo detrás del fraile y le gritaron:

—Por favor, San Sisebuto, vuelva, vuelva.

—¿Qué dicen?

—Que vuelva, súbase al altar.

—¿Y qué hago yo allí?

—Le llevaremos flores, le llevaremos cirios.

—¿Y para qué quiero yo flores y cirios?

—Le rezaremos rosarios y novenas.

—Pero si yo no soy el santo.

—¿Pues quién eres?

—Soy fray Sisebuto.

Pero la gente no se lo creía. Fray Sisebuto, con toda su santa paciencia, tuvo que volver a la iglesia, subirse al altar y poner las manos juntas.

Cuando los ánimos se serenaron y el sacristán encendió los cirios y las luces, la gente se dio cuenta de que había dos santos, uno junto a otro, y nadie sabía cuál de los dos era el de verdad.

Por estas cosas, la fama de la garlopa de fray Opas creció de tal manera por toda la comarca, que todavía hoy veréis, en los altares de Fontiveros, por los retablos de Cantaracillo, de Narros, de Flores y de otros muchos pueblos, infinidad de santos con la misma cara, con las mismas manos, con los mismos ojos y con la misma gracia que los frailes del convento de fray Perico.

6 *El mes de las flores*

ESTABA el retablo de la iglesia llenito de santos y de santas, todos muy antiguos, y no faltaba un San José con su vara florida, una huida a Egipto, un Herodes matando niños, y los tres santos Reyes con sus tres camellos, y los doce apóstoles con sus doce barbas. Pero ¿y la Virgen?, ¿dónde estaba la Virgen? Estaba el Niño en el pesebre, solo, con la mula y el buey, pero no sé qué cataclismo había dejado huérfanos al Niño y a los frailes. El vuelo de una lechuza, el gato de los frailes que se subía por todos los lados, la carcoma que se come la madera, una gotera, ¡qué sé yo!

Fray Nicanor mandó a fray Opas cincelar una imagen de nuestra Señora, una imagen hermosa para ponerla en el centro del altar.

Había llegado el mes de las flores; el campo estaba lleno de botones dorados y los frailes no sabían dónde ponerlos. Los jarrones, vacíos; los floreros, muertos de risa; los búcaros, con la boca abierta y llenos de telarañas. ¿A quién poner las flores?

Y fray Opas se puso manos a la obra.

Cerró la puerta y empezó ¡pam, pam, pam! Enseguida llegaron los hermanos a meter las narices. Que si tenía que ser así, que si tenía que ser asá, que si la cara redonda como una manzana, que si alargada como una pera, que si llevaba trenzas, que si llevaba tirabuzones. Los frailes discutían en la comida y en los pasillos, y cuando jugaban al parchís o cuando se cruzaban con el azadón, en el huerto.

—Tendría que estar de pie.

—Mejor, sentada, con el Niño en las rodillas.

—¡Qué tontería! Con el Niño en brazos.

—Con el Niño, despierto.

—Con el Niño, dormido.

—Con una paloma.

—Con la Luna en los pies.

Y hubo puñetazos por culpa de la imagen, pero eran puñetazos fraternales, con un poquito de sangre, que terminaban con un abrazo y un algodón empapado en agua oxigenada en la enfermería de fray Zacarías.

Pero fray Opas se hartó aquella tarde y de un portazo cerró la puerta. Luego cerró los ojos, cogió el escoplo y ¡tas, tas, tas! Cuando los abrió, la Virgen le miraba con unos ojos redondos y blandos, y una sonrisa que llenaba el corazón de paz y alegría.

Llegó fray Olegario y se quedó boquiabierto.

—¡Oh, hermano, milagro! Esta Virgen es igualita que una que he visto yo en un libro de la biblioteca.

Subieron los frailes las escaleras de dos en dos, o de tres en tres, y empezaron a ojear libros y librotes, y, en uno muy viejo, salió un dibujo de los tiempos de Maricastaña, como que era del siglo XIII, del tiempo del rey Sabio.

7 La manzana de la discordia

AQUEL era el libro de las *Cantigas* y en él aparecía una Virgen con la misma cara, la mis-mísima cara que acababa de hacer fray Opas.

Estaba de pie, abrazando al Niño y pisando, con sus plantas sagradas, una serpiente con una lengua de medio metro. Entonces fray Opas no tuvo que pensar más. En una tarde terminó, casi por inspiración divina, la imagen y acabó, a golpe de garlopa, con todas las discusiones.

Luego le tocó el turno, como siempre, a fray Castor, el pintor. Estaba el taller de fray Castor en el tercer piso de la torre, debajo del mismo campanario. Los frailes llevaron allí en procesión la imagen, todavía olorosa a cedro y a resina, y del color de la madera, sin pintar.

Y otra vez surgieron las discusiones:

—El manto, rojo.

—El manto, azul

—El manto, verde.

—El manto, gris.

Luego fue el color de las sandalias, luego el

de la túnica, hasta el de la propia serpiente y hasta el de la manzana que llevaba en la boca.

—Amarilla, que estaba madura.

—Verde, que estaba sin madurar.

—Marrón, que estaba podrida.

Pero la mayor diatriba surgió cuando fray Castor quiso pintar el rostro. Cada fraile, con un pincel y con un bote de pintura, pintaba en la pared y decía que si así sería mejor, que si así sería peor, y que si la cara es de este color y no de este otro; y pintándose unos a otros, se pusieron de mil colores como los camaleones.

Y fue fray Nicanor el que, con su prudencia y serenidad, subió a la biblioteca, abrió el libro de las *Cantigas* y, consultando las viñetas donde aparecía la Virgen de fray Opas, ordenó pintar la imagen, como la pintara en su tiempo el rey Sabio, que para eso era rey además de sabio.

Y así, la Virgen llevó un manto azul y una túnica blanca, y lució un cabello dorado como las espigas, y la serpiente se enfundó una piel verde, y las sandalias fueron marrones, y la manzana, la manzana fue otra vez la manzana de la discordia. ¿Por qué? Porque, con el tiempo y la humedad, no se sabía de qué color era.

Y hubo otra vez discusiones y puñetazos. Al final, el padre Nicanor se hizo mediador de nuevo y echó los colores a suertes y salió el color morado. Entonces se pintó la manzana morada, que, al fin y al cabo, no es mal color y simboliza el color del pecado y sobre todo el de los frailes, que, por su santa impaciencia y por sus santos puñetazos, se habían puesto las narices y los ojos morados.

8 *Los gusanos de seda*

Y ocurrió que aquella tarde fray Perico abrió la puerta de su celda con mucho misterio, sacó la cabeza, miró a la izquierda, miró a la derecha, cerró la puerta, echó el cerrojo, se persignó, se agachó y... metió la cabeza debajo de la cama.

En un rincón había una caja de zapatos llena de telarañas. Fray Perico cogió la caja, la abrió, metió la nariz, sacó la nariz y luego cerró la caja. Estaba vacía. El fraile guardó la caja debajo de su hábito y salió sigilosamente camino de la herrería. Iba con tanto misterio, tan encorvado y despacito, que fray Matías, el de la sastrería, le preguntó:

—¿Adónde vas?

—¡Chiiissst! ¿Por qué no te callarás?

Fray Matías se calló, se puso detrás y le siguió con mucho misterio, muy encorvado y despacito.

—¿Adónde vais? –les preguntó sorprendido fray Opas, el de la garlopa.

—¡Chiiissst! ¿Por qué no te callarás?

Fray Opas se calló, se puso detrás y siguió

a fray Matías y a fray Perico, con mucho misterio, muy encorvado y despacito.

—¿Adónde vais? –les preguntó sorprendido fray Simplón, el tontorrón.

—¡Chiiissst! ¿Por qué no te callarás?

Y fray Simplón se calló, se puso detrás y siguió a fray Opas, a fray Matías y a fray Perico, con mucho misterio, muy encorvado y despacito.

—¡Chiiissst! –Por la escalera van quince

frailes sin saber adónde van, uno detrás de otro, siguiendo a fray Perico, con mucho misterio, muy encorvados y despacito....

Cuando fray Tiburcio vio llegar a sus dieciocho hermanos, con tanto misterio, tan encorvados y despacito, les preguntó:

—Hermanos, ¿adónde vais?

—¡Chiiissst! Enciende la fragua y empieza a soplar –dijo fray Perico.

Fray Tiburcio encendió la fragua.

—Dale fuerte al fuelle.

Fray Tiburcio dio fuerte al fuelle.

—Echa más leña.

Fray Tiburcio echó más leña.

—Estamos sudando –protestaron los frailes.

—¡Chiiissst! –Fray Perico sacó entonces la caja y la puso cerca del fuego.

—¿Qué tiene la caja? –preguntaron todos.

Fray Perico abrió, con mucho misterio, todo encorvado y despacito, la dichosa caja, y no había nada. Unos puntitos diminutos cubrían el fondo.

—Son cagaditas de mosca –protestó fray Simplón.

—¡Atiza! ¡Son gusanos! –exclamó fray Silvino, el del vino–. Gusanos de seda.

9 ¡Queo! ¡El padre superior!

—¡Cʜɪɪɪssst! –ordenó fray Perico.

—¡Chiiissst! –repitieron los frailes, mirándose unos a otros.

Estaba prohibido tener gusanos de seda en el convento. Y estaba prohibido, porque, con los dichosos gusanos, los frailes ni rezaban, ni estudiaban, ni dormían, ni comían, ni cenaban.

—¡Dale al fuelle, fray Tiburcio! –pidió fray Perico.

—Ya no puedo más –suspiró este.

Los frailes, muy contentos, se aprestaron a ayudarle. ¡Qué risas! ¡Cómo sudaban, qué resoplidos, qué manera de colgarse del fuelle, cómo echaban leña, cómo echaban carbón! Pero los gusanos debían de estar tan ricamente allá dentro de su encierro, que no querían asomar la cabeza. Fray Mamerto, el del huerto, gritó:

—¡Queo! ¡El padre superior!

El padre Nicanor, al no ver a ningún fraile por el huerto, empezó a oler a chamusquina y asomó la nariz por la puerta.

—¿Qué hacéis?

—Estamos ayudando a fray Tiburcio.

—¡Qué raro, no se oye ni un martillazo!

Los frailes empezaron a dar martillazos.

¡Pim, pam! ¡Pim, pam! El padre superior salió de estampía.

—Está mosca –dijo fray Olegario.

—¡Y los gusanos sin salir!

—¿Por qué no nos los repartimos?

Fray Perico cortó en trozos el cartón donde estaban depositados los huevos y los fue distribuyendo entre todos los buenos hermanos.

—¿Dónde los guardamos?

—En el libro de rezos. Ahí no los verá el padre Nicanor.

¡Con qué fervor salieron los frailes de la herrería cantando salmos! ¡Con qué devoción se paseaban al sol y huían de la sombra! Y en la capilla, ¿es que se habían vuelto ciegos? Todos se acercaban a las velas y arrimaban a ellas los libros, con riesgo de quemarlos. Y en la cena, no sé por qué, cuando fray Pirulero echó los fideos calentitos, los frailes pusieron los libros debajo de los platos.

«¡Querrán bendecir los fideos! ¡Están más duros!», pensó fray Nicanor.

Aquella noche, fray Nicanor, después de despedir a sus frailes, se fue a la capilla a rezar. Lo hacía siempre. Cogía sus libros, los abría y se pasaba las horas muertas meditando o roncando.

Pero, ¡qué raro! Aquella noche no había ni un solo libro de rezos en los bancos. Solo estaba el de fray Perico, que tenía las hojas al revés y las pastas al derecho.

10 *Las lágrimas de fray Nicanor*

¿QUÉ era aquello? Nada más abrir el libro apareció una extraña estampa. Un cartoncito todo lleno de huevos de gusanos de seda.

Al padre superior le dio un vuelco el corazón.

De pronto, se acordó de cuando era niño y tenía sus gusanos de seda en una caja de betún. Se le humedecieron los ojos y una lágrima cayó sobre la estampa de cartón.

—¡Qué tonto soy! ¿No estoy llorando?

No sé si es que le había llegado su hora o fue el calor de la lágrima, pero la cosa fue que un huevo se rompió y un gusano negro sacó la cabeza.

—Buenas noches, hermano gusano.

El fraile, muy conmovido, dejó con cuidado el libro, y ya se iba a ir cuando pensó que aquel pequeño animal tendría hambre.

—¿Y qué le echo? ¿Una hoja de lechuga? –dijo fray Nicanor pensando en las lechugas de fray Pirulero.

«No», meneó la cabeza San Francisco.

—¿Una hoja de perejil? –reflexionó el fraile.

«No», volvió a mover la cabeza el santo.

«Estoy soñando», pensó fray Nicanor. «He visto mover la cabeza a San Francisco.»

El fraile se acercó y, al ver las hermosas rosas que rodeaban la imagen, no sé cómo, se le ocurrió una idea.

—¿Unas hojas de ese rosal?

El fraile miró para todos los lados, cogió con disimulo una hojas del rosal, las metió en el bolsillo y volvió a su sitio.

—Toma, hermano, que aproveche.

El gusano abrió la boca y empezó a comer a dos carrillos. El fraile, después de mirarlo un rato, apagó la luz y salió de puntillas camino de su celda.

A la mañana siguiente, ¡qué cuchicheos en la iglesia, qué risitas, qué recaditos a la oreja! Fray Simplón, el tontorrón, con su hociquillo de conejo informaba a fray Pirulero:

—Ha nacido un gusano.

—¿Qué pasa?

—Que han robado un manzano –transmitía, medio dormido, fray Pirulero, el cocinero, al oído de fray Procopio, el del telescopio, que siempre estaba en Babia.

—¿Qué pasa?

—Que vamos a rezar el *Rosario* –murmuraba fray Procopio a la oreja de fray Cucufate, el del chocolate, que estaba siempre pensando en las musarañas.

—¡Pues vaya horitas!

—¿Qué pasa? –preguntaba fray Mamerto, el del huerto, que era sordo como una tapia y no se enteraba de nada.

—Que vamos a comprar un armario –gritaba fray Sisebuto, que tenía una voz terrible y unas pulgas más terribles aún.

Fray Mamerto se llevaba las manos a la cabeza:

—¡San Francisco bendito, que te ha mordido un caballo!

11 ¡Que se escapan las letras!

EL padre superior, que andaba volando con su pensamiento por el techo de la iglesia, abrió el ojo derecho y tosió un poco para que se callaran los frailes. Fray Mamerto, con los ojos abiertos como platos, preguntaba a fray Cucufate:

—¿En dónde?

—¿En dónde? –transmitía ahora fray Cucufate a fray Procopio.

—¿En dónde? –interrogaba fray Procopio a fray Pirulero.

—¿En dónde? –preguntaba fray Pirulero a fray Simplón.

—En el misal de fray Perico –susurraba fray Simplón a la oreja de fray Pirulero.

—¡En la nariz de San Francisco! –murmuraba quedamente fray Pirulero al oído de fray Procopio.

—En el tejar del tío Mauricio –musitaba fray Procopio, arrimando la cabeza a fray Cucufate.

—¡En el pajar de doña Lirio! –exclamaba fray Cucufate, patidifuso.

—¿En dónde dicen? –gritaba fray Mamerto.

—¡En el corral de los membrillos! –deletreaba fray Sisebuto, dando unas voces tremendas.

Fray Nicanor abría el ojo izquierdo, bajaba del techo y pensaba: «¡Cómo rezan mis frailes, creerán que el Señor es sordo como fray Simplón!».

La cosa es que, como era mayo, los gusanos se hartaron de estar encerrados entre cuatro paredes y empezaron a salir y salir, y se paseaban por las páginas de los libros de rezos como Pedro por su casa.

Por ejemplo, estaban rezando los frailes y las letras empezaban a retorcerse, a andar para arriba y para abajo y a subirse por los dedos y por las manos.

Los frailes se quedaban bizcos. Iban a decir *hosanna*, por ejemplo, y diez o doce gusanos en forma de *S* se ponían detrás, y un fraile se quedaba patinando media hora *hosannnn-nasssssss*.

Los hermanos le miraban y se reían. Era un jaleo. Luego no se podía pasar una página porque había que esperar a que un gusano, más pequeño que la cabeza de una alfiler, doblase la esquina, porque si no, lo aplastabas.

Era una lata. No podías estornudar, ni toser,

ni respirar un poco más fuerte. Una vez, fray Sisebuto iba a estornudar, se puso un dedo en la nariz, se puso colorado, se puso morado, estornudó y, ¡cataplum!, todos los gusanos volaron por el aire. ¡Qué jaleo! ¡Qué cuchicheos! ¡Qué protestas!

—¡Hermano, qué bruto eres!

—¡Hermano!, ¿por qué no te has puesto un pañuelo?

Los frailes se pusieron de rodillas, aunque era el *Gloria* y había que estar de pie, y desaparecieron bajo los bancos.

—Por allí hay uno –decía fray Perico.

—Por aquí hay otro –susurraba fray Procopio.

—Hermano Sisebuto, levanta la sandalia –rogaba fray Mamerto.

—Hermano, levanta la otra –suplicaba fray Pirulero.

¡Cataplum!, fray Sisebuto al suelo.

—¿Cuántos faltan?

—Faltan cuatro.

12 *El hambre*

Lo malo era que los gusanos no tenían qué comer. El invierno había sido muy largo y desapacible, y el hermoso moral que tenían los frailes junto al estanque estaba en un lugar muy umbrío y aún no había echado hojas.

Y los gusanos se morían. Levantaban la cabeza, abrían la boca y nada, no había nada que comer.

—¿Y si les echáramos pan? –decía fray Simplón.

Los hermanos se sonreían, pues sabían que los gusanos solo comen morera. Fray Cucufate, por si acaso, echó a los suyos un poco de chocolate y se pusieron de color castaño; fray Mamerto les echó una hoja de lechuga y se pusieron verdes como esmeraldas; fray Ezequiel les echó miel y se tornaron amarillos como el ámbar. Lo peor fue que fray Olegario se descuidó una tarde y le dieron un mordisco en el dedo.

—Tienen hambre –dijo fray Olegario a fray Elías, el de la enfermería, mientras le vendaba la herida.

Los dos frailes miraron por la ventana.

Había allí cerca, al otro lado del camino, un hermosísimo moral, verde, frondoso y soleado, que daba envidia verlo. Lo malo era que había una tapia alrededor y que la tapia y todo lo que había dentro era de don Homobono, un señor que, a pesar del nombre, era malo, malísimo.

Y lo peor era que tenía dos hermanos perros, que más que hermanos eran de padre y muy señor mío. Siempre hambrientos, siempre hambrientos, la única carne que olían era la de su dueño, que era poquísima, pues solo comía nabos para ahorrar.

Todo el día estaban ladrando a los frailes, porque don Homobono los azuzaba. Los azuzaba por envidia, porque su huerto tenía los tomates, las cebollas y los pepinos más chicos que los de sus vecinos.

Pero la morera, la morera... Los frailes envidiaban la morera de don Homobono, la miraban de reojo, le contaban las hojas y contaban también, aterrados, los ladridos de los canes, unos doscientos por minuto.

Y los gusanos también la miraban, asomaban su cabeza por encima de las cajas y olían el delicioso olor de la comida fresca.

13 ¡Total, una hoja!

LA cosa es que aquella noche era oscura y había pescado para cenar, y los frailes, ¡qué raro!, pidieron carne y el padre superior, ¡más raro aún!, se la concedió.

Trajo fray Pirulero unas chuletas de ternera que habían sobrado del mediodía, porque estaban más duras que piedras, y sirvió un par de ellas a cada uno. Cada uno se guardó en un descuido del vecino su par de chuletas en lo más hondo de la faltriquera y siguió cada uno moviendo los carrillos con delectación, haciendo como que comía y como si aquella dura carne fuera carne de membrillo.

Los frailes se fueron a rezar, pero yo creo que ninguno rezó. Todos pensaban en lo mismo, en la morera de don Homobono.

«¡Total, una hoja!», pensaba fray Olegario mirando a San Francisco, que movía imperceptiblemente la cabeza diciendo que no.

—¡Total, una hoja! –murmuraba fray Silvino por lo bajo, pensando en sus pobres gusanos.

—¡Total, una hoja! –se escuchaba por todos los rincones.

Aquella noche era oscura como boca de lobo. De pronto, una sombra con una silla salió del convento, corrió a lo largo de la tapia, puso la silla junto a la pared, tiró una chuleta por encima de la tapia, esperó, se subió al asiento de la silla, se subió al respaldo, tomó impulso y, ¡cataplum!, la sombra desapareció por el otro lado con un ruido tremendo.

Al rato, otra sombra, con otra silla, salió del convento, corrió a lo largo de la tapia, puso la silla junto a la pared, tiró una chuleta por encima de la tapia, esperó, se subió al asiento de la silla, se subió al respaldo, se rompió la silla y, ¡cataplum!, fray Sisebuto abajo con un ruido tremendo.

Al rato, otra sombra, con otra silla, salió del convento y... ¿para qué seguir?

Veinte sombras, con veinte sillas, veinte tapias y veinte chuletas por encima de la tapia, y veinte asientos, y veinte respaldos, y veinte ruidos, son muchas sombras, muchas sillas y muchas tapias, y muchos asientos y muchos respaldos y demasiados ruidos.

El hecho es que la noche pasaba y las veinte sombras, ocultas en la negrura de la oscuridad, estaban temblando y pensaban: «He oído un ruido, ¿quién será? ¿Alguna lechuza? ¿Será don Homobono, que está sobre una rama con su terrible escopeta? ¿Será un alma del purgatorio?».

Luego venía el silencio y el silencio era más terrible aún.

«¿Qué pasará? ¿Por qué no ladrarán los perros? ¿Por qué no se oirá esta noche a don Homobono con su dichosa tos?»

Y el día fue llegando, y con las primeras luces de la aurora las sombras dejaron de ser sombras, les salió barba y se convirtieron en frailes.

En lo alto de la cima del moral estaba el padre Nicanor, que había llegado el último pensando que todos dormían.

—¿Qué haces ahí, hermano Nicanor?

—¡Chisssst!

—¿Y tú, hermano Silvino? –preguntó fray Nicanor.

—¡Chisssst! Solo una hoja, he venido por una hoja.

Pero cada uno había llenado su capucha hasta el borde y la morera, con tanto fraile y tanta silla y tanta tapia y tanto respaldo, aparecía pelada, pelada y desplumada, como una gallina en la noche. ¿Y don Homobono?

Don Homobono no estaba. Había salido de caza por la tarde con sus dos perros, detrás de una paloma. Tal vez había sido un milagro de San Francisco. San Francisco la había soltado aposta el día anterior, para que diera una vueltecita.

—Vete, pasa por encima de la casa de don Homobono y vuela al monte. ¡Ah!, y no dejes de volver mañana –le había dicho.

La paloma volvió al día siguiente y don Homobono volvió detrás de ella, con sus dos perros. Y cuando el hombre vio su morera sin hojas, pensó, primero, en que había llegado el otoño; pero luego lo pensó mejor y se asomó a la tapia.

Estaban los frailes dando de comer a su ganadillo con sus queridas hojas, y los puños se le cerraron. Luego se fue dulcificando. Vio la morera de los frailes, medio helada y sin hojas aún, y sonriendo, dijo a sus dos perros:

—Cuando le salgan las hojas, no les vamos a dejar ni una.

Luego se bajó de la tapia, se metió las manos en los bolsillos y se fue para su casa murmurando con tristeza:

—Lo malo es que no tengo gusanos...

14 Los tres ladrones

UNA tarde venía fray Perico montado en el asno. Calcetín corría que se las pelaba porque ya estaba cerca del convento y se colaba, entre los árboles, el olorcillo de los pucheros de la cocina. Llovía, y fray Perico llevaba un paraguas muy grande lleno de remiendos, que casi le tapaban a él y al borrico. De repente, al llegar a lo alto del convento, salieron de un árbol hueco tres hombres feos, peludos, mal encarados, con unas barbas ásperas. Apestaban a tabaco y a vino, y llevaban unos trabucos terribles. En sus cintos colgaban unos descomunales cuchillos de monte.

—¡Manos arriba!

Fray Perico levantó las manos y el paraguas y Calcetín las orejas.

—¿Vienes solo?

—No, vengo con Calcetín.

—¿Quién es Calcetín? ¡Pronto!

—Es mi borrico.

Los ladrones cargaron bien los mosquetones y apuntaron a fray Perico. Con un semblante feroz, sacaron también sus terribles cuchillos.

—¡La bolsa o la vida!

—La bolsa –dijo fray Perico tembloroso, dándoles la que llevaba colgada del cíngulo. Los ladrones dieron un grito de alegría, y tirando los trabucos y los cuchillos, se pusieron a repartirse la bolsa.

—¡Nos ha engañado! ¡Está llena de bellotas! –dijo el más grandote, dando una patada en el suelo. Se agachó furioso a coger su trabuco y ¡zas!, Calcetín le dio un par de coces en el trasero que le hicieron caer en un campo lleno de cardos. A otro, que era cojo y venía con el cuchillo en alto, le dio fray Perico un paraguazo en la cabeza y le hizo un chichón. Al tercero, que era gordo y con pecas, le puso la zancadilla con el mango del paraguas y rodó por un barranco. Fray Perico bajó del asno, recogió los trabucos y los cuchillos y fue a auxiliar a los ladrones.

Los ladrones se pusieron de rodillas y dijeron:

—Hermano, ¿no nos conoces? Somos aquellos tres ladrones que te dieron limosna una tarde.

—¡Ah! ¡Cómo habéis cambiado! Pobrecillos, lleváis la ropa rota y sucia y tenéis las barbas enmarañadas.

58

—Ayer nos escapamos de la cárcel.

—¿Y hubo sangre?

Los ladrones bajaron la cabeza y contestaron:

—Sí, del carcelero.

—Os ahorcarán.

Los ladrones temblaban y se llevaron las manos al cuello.

—¿Crees tú, hermano?

—Eso me temo. ¿Murió el carcelero? –preguntó fray Perico.

—No, solo se mareó.

—¿Cuántos disparos hicisteis?

—Solo fue un puñetazo en la nariz.

—¡Pues vaya puñetazo! Ya podéis prepararos. Si os coge la Santa Hermandad, tenéis veinte años y un día de cárcel.

—Si tú nos escondieras, no nos encontrarían.

Fray Perico estuvo muchísimo rato rascándose la cabeza, piensa que te piensa, y al fin dijo:

—Se me ocurre una idea.

—¿Cuál?

—Vestíos de frailes.

—Es verdad, si nos vestimos de frailes, los guardias no nos reconocerán.

15 *Vestidos de frailes*

Fray Perico salió corriendo y se escondió entre los árboles. Luego, entró en el convento, por la ventana de la cocina, sin que fray Pirulero se diera cuenta. Y, gateando por debajo de la mesa, salió al pasillo y se coló dentro de la iglesia. Se acercó a San Francisco, que estaba echándose un sueñecito, y le habló a la oreja. Fray Perico salió presuroso y se metió en el cuartucho de la sastrería. ¡Madre mía la de hábitos que tenía allí el hermano sastre, colgados para remendar! A uno le faltaba una manga; a otro, le faltaban las dos; otro estaba sin botones; otro, sin capucha; aquel, con un siete; el otro, con un ocho.

Fray Perico tomó los primeros que encontró y echó a correr camino de la zapatería. Allí el fraile cogió, deprisa y corriendo, tres pares, los ató con una cuerda, se los echó a la espalda y vuelta a correr camino de la cocina. Cuando oía alguna pisada, se escondía detrás de una columna o debajo de un banco, y hasta se metió dentro de un reloj enorme que había en el pasillo.

Al fin llegó a la cocina, donde fray Pirulero machacaba, con el almirez, un puñado de ajos. Fray Perico saltó aprovechando el ruido y tiró el frasco de perejil que tenía el cocinero en la ventana.

—Habrá sido el gato. ¡Dichoso gato! –exclamó el cocinero.

Fray Perico llegó muy contento, cargado con la ropa, llamó a los ladrones y les dijo:

—Hermanos ladrones, ¿sabéis rezar?

—Nosotros no sabemos más que robar.

—Pero el *Padrenuestro* sí que lo sabréis...

Los ladrones bajaron otra vez la cabeza y empezaron a toser y a ponerse colorados y a darse con el codo.

—¿Pero es que vamos a ser frailes?

—Sí, seréis frailes. Se acabó lo de ser ladrones.

A los ladrones no les pareció mal, pues así podían escapar de la justicia. Pero no sabían cómo iban a poder disimular, si no sabían ser frailes, ni llevar sandalias, ni ser buenos, ni nada. Habían nacido para estar con sus trabucos en el monte y robar a todo bicho viviente. A ellos que no les hablaran de misas, ni de rosarios, ni de sermones, ni de pasar hambre. Además solo sabían unas gotas del *Catecismo* y cuatro cosas de Historia Sagrada.

—Entonces, ¿preferís volver a la cárcel?

—No, no, no –dijeron a coro los ladrones temblando.

—¡Pues a ponerse estos hábitos pronto!

16 *Pim, pam, a la puerta dan*

En esto, llegaron al corral y fray Patapalo cogió una gallina por el pescuezo y se la guardó debajo del hábito. Pero esta comenzó a cacarear y fray Perico dijo muy enojado:

—Deja la gallina en su sitio y pídele perdón.

Fray Patapalo pidió perdón a la gallina, quitándose el sombrero y diciendo, mientras se partía de risa:

—Perdón, hermana gallina.

La gallina, asustada, se hizo un poquito de pis en la manga de fray Patapalo y fray Perico le dijo que le estaba bien empleado por ser tan ladrón.

Llegados a la puerta, fray Perico mandó a los ladrones que esperaran un rato y llamaran, después, con mucha humildad. Calcetín y fray Perico entraron en el convento y corrieron al comedor.

En cuanto llegó fray Perico, los frailes rezaron y se sentaron. Estaban desdoblando las servilletas cuando sonaron unos golpes terribles en la puerta del convento.

¡Pom, pom, pom!

—¿Quién será a estas horas? –dijeron los frailes.

—Vete a abrir, fray Baldomero –dijo el superior.

Corrió fray Baldomero, temiendo que la puerta se viniera abajo, y descorrió los cerrojos. Los ladrones hicieron una reverencia y dijeron:

—Ave María Purísima, hermano portero.

—Sin pecado concebida, hermanos forasteros. ¿Quiénes sois?

—Somos tres frailes peregrinos, que llegamos de muy lejos. Estamos desfallecidos y sin fuerzas.

—Pues no se nota. Por poco tiráis el convento abajo. ¡Vaya golpazos!

Los ladrones se encogieron humildemente de hombros y bajaron la cabeza. Luego, empezaron a alargar las narices un palmo, dos palmos, tres palmos, detrás de un tufillo a sardinas que salía de la puerta.

—¡Qué bien huele a sardinas!

—¿Queréis cenar?

—¡Pues claro! –dijeron los tres a la vez.

—Entonces, entrad, hermanos. Llegaréis a tiempo.

Los ladrones entraron atropelladamente y

corrieron al comedor, guiados por el golpeteo de las cucharas. Estaban los frailes tomando el caldo, cuando llegaron los tres ladrones corriendo y empujándose, y fueron a tropezar con el cocinero, que llevaba una pila de platos. Cayó el cocinero y cayeron los platos con gran estrépito, haciéndose mil pedazos. El gato, que dormía como un bendito en el fogón, creyó que llegaba el fin del mundo; dio un salto y desapareció por la chimenea. Los frailes recogieron los trozos de los platos, y los ladrones abrazaron a fray Perico y al borriquillo, con grandes muestras de contento. Lo mismo hizo fray Perico, como si hiciera muchos días que no se hubieran visto.

—¿Quiénes son? –preguntó el superior extrañado.

—Son tres frailes penitentes que conocí en Salamanca pidiendo limosna. Toda la gente los bendecía por sus mortificaciones y ejemplos.

17 Los extraños peregrinos

—¿Y cómo se llaman sus reverencias?

—Yo me llamo fray Rompenarices.

—Y yo, fray Tar-tar-tar-tamudo.

—Y yo, fray Patapalo.

«¡Vaya nombrecitos!», pensaron los frailes tocándose la barba.

—¿Y cómo estáis tan sucios y con la ropa rota?

—Porque venimos de muy lejos, como peregrinos.

—¿De dónde?

—De Jerusalén.

—¿De Jerusalén? Contadnos, contadnos lo que habéis visto –dijeron los frailes, formando un corro a su alrededor.

—Hemos visto muchas calles largas y muchas plazas, y muchísimos judíos paseando arriba y abajo, y al rey Herodes, asomado en su castillo, con una corona de oro en la cabeza.

—¡Pero si el rey Herodes murió hace muchos años!

—Pues sería su hijo; y vimos también a

Noé, con una barba muy larga, sentado a la puerta de su casa, con un montón de animales.

Los ladrones contaron otras muchísimas cosas de sus viajes por Belén y Nazaret, y los frailes escuchaban con el gesto fruncido, pensando que aquellos tres peregrinos habían perdido el juicio, con tanta penitencia.

—Y a ti, ¿por qué te falta una pierna, hermano? –preguntó fray Tiburcio.

—Me la zampó un cocodrilo, al pasar el río Jordán.

Fray Olegario, el bibliotecario, movía la cabeza pensando que aquellos hombres tenían una imaginación tremenda o que los libros tenían muchas cosas equivocadas. Nunca había oído que hubiera cocodrilos en el Jordán, pero los había y se habían comido una pierna de fray Patapalo. A todo esto, los ladrones no ha-

cían más que mirar a las sardinas, y dijo el superior:

—¿Tenéis hambre, hermanos?

—Tenemos gazuza, pero no comeremos.

—¿Por qué?

—Para hacer penitencia.

—No, no. Habéis hecho un viaje larguísimo y debéis comer y descansar aquí unos días.

—Bueno, comeremos una pizca, pero solo por santa obediencia.

Los ladrones no se hicieron de rogar y se sentaron, sin rezar ni persignarse. Tomaron la sopa sin cuchara, sorbiéndola del mismo plato. Las sardinas las engullían con raspa y cola, y algunas se las guardaban en el bolsillo. De vez en cuando, se limpiaban las manos en los hábitos. Los frailes se quedaron sin cenar, pues los ladrones se comieron todas las sardinas. Se bebieron su vaso de vino y luego, se bebieron los de todos los demás.

Se cayó una sardina al suelo, y el gato fue a comérsela. Los ladrones lo miraban con enojo y lo espantaban disimuladamente con el pie. Una tarta que fray Pirulero trajo de postre se la repartieron como hermanos, nada más ponerla en la mesa.

Calcetín los miraba asombrado, y ellos dijeron:

—No está bien que nos la comamos entera –y dejaron que el borrico la rebañase con su larga lengua roja.

Los frailes quedaron admirados del hambre que tenían los tres peregrinos, y dijeron:

—Parece que no han comido en su vida. ¡Pobrecillos! Tenemos que aprender a hacer penitencia.

18 Roncando a pierna suelta

EL padre superior tocó la campanilla y los frailes se levantaron, conmovidos por el ayuno que los peregrinos habían mantenido, durante tanto tiempo. Luego, subieron a acostarse. Al llegar al dormitorio, se pusieron en fila para rezar las últimas oraciones, pero los ladrones, después de bostezar varias veces, se tendieron sobre una de las camas, para probar qué tal era.

—¡Vaya birria! ¡Si son cuatro tablas viejas!

—¡Fijaos qué colchones, son de paja!

—Y solo una manta para cada uno. Habrá que buscar unas cuantas. ¡Menudo frío!

Y mientras los frailes seguían rezando, se llevaron todos los colchones y todas las mantas que pudieron. Fray Patapalo se quedó con cinco colchones y cinco mantas; fray Tartamudo, con otros cinco, y fray Rompenarices, con los diez restantes. Pusieron los colchones uno encima de otro, colocaron muy bien las mantas, cerraron la puerta de un portazo y dijeron:

—Hasta mañana, si Dios quiere.

Los ladrones comenzaron a roncar de tal manera que parecía que estaban serrando un árbol.

—¡Con qué ganas duermen! –murmuró fray Sisebuto.

—Llevarán muchos años sin hacerlo –observó fray Simplón.

—¡A la cama! –dijeron los frailes.

Apagaron la luz y se acostaron sobre las tablas, pero no pudieron pegar ojo, sin mantas ni colchón, con aquellos ronquidos que hacían temblar los cristales y las llaves de las puertas. Por la mañana, fray Baldomero cogió la campanilla, para despertar a los nuevos frailes, pero no había manera de que sonara, pues los ladrones habían robado el badajo. Los frailes tampoco encontraron el jabón, ni la navaja de afeitar, ni la brocha, ni la caja del betún, ni la palangana.

—¿Dónde estarán? ¿Dónde estarán?

Fray Perico fue de puntillas, sin decir nada a nadie, miró debajo de la cama de fray Rompenarices y allí estaba todo. Los ladrones seguían durmiendo a pierna suelta y fray Perico cogió la escoba y los despertó a escobazos.

—¿Qué hora es? –preguntaron sin abrir los ojos.

—¡Muy tarde! ¡Las cuatro de la mañana!

—¡Uf, qué pronto! Dormiremos otras cuatro horas más –dijeron, y se dieron media vuelta.

Fray Perico los sacó tirándoles de los pies; y ellos, de mala gana, los tres en fila, se fueron a lavar. Dieron tres vueltas a la palangana, metieron un dedo en el agua y volvieron diciendo:

—¡Qué fría está el agua!

Luego se metieron en la cama de nuevo. Fray Perico les dio un papirotazo a cada uno y les dijo:

—A rezar.

—¿Otra vez a rezar? Estamos hartos de tanto rezar. Vas a comer, y a rezar. Vas a dormir, y a rezar. Vas a estornudar, y a rezar.

—Para eso os habéis metido frailes, para rezar.

—Era mejor estar en la cárcel. Allí se pasa uno todo el día durmiendo y no hay que lavarse nunca.

19 *Asalto a la diligencia*

LOS ladrones, refunfuñando, bajaron las escaleras detrás de los frailes, llegaron a la capilla, tocaron la campana y se metieron en la iglesia.

Cuando San Francisco los vio con aquellas malas caras y aquellos andares, los miró con simpatía.

Los ladrones se le quedaron mirando también y dijeron entre sí:

—¿Quién será este que está ahí subido?

—Será el capitán de los frailes –dijo, en voz baja, fray Patapalo.

Los ladrones saludaron a San Francisco con reverencias y se sentaron luego en un banco. Se persignaron con la mano izquierda armándose un lío, pues hacía cientos de años que no entraban en una iglesia, si no era para robar velas y cepillos. Los frailes empezaron sus oraciones en latín y los ladrones cogieron un libro muy gordo y comenzaron a dar unas voces tremendas. Los frailes no entendían ni jota y les preguntaron:

—¿Pero cómo rezáis con el libro al revés?

—Porque del derecho ya nos lo sabemos.

—¿Será posible? –exclamaron los frailes.

—Sí, señor. Y además se acaba muchísimo antes. Nosotros ya hemos terminado.

Los ladrones dijeron *amén* y se pusieron a dormir, metiendo la cabeza en las mangas. Cuando acabó la misa, los ladrones siguieron quietos en sus bancos, acurrucados como ovillos.

—Están en oración –dijo fray Perico.

Los frailes salieron de puntillas y San Francisco, compadecido de que se quedaran sin desayunar el rico chocolate de fray Cucufate, levantó el pie y empujó un florero que le tenía puesto fray Perico. El florero se hizo añicos y los tres frailes, sobresaltados, salieron corriendo en dirección al comedor.

—¡Qué frío hace! –dijo fray Patapalo.

—Echemos una carrerita.

Los tres hombres se remangaron el hábito y echaron a correr. Al llegar a la escalera, se subieron a la barandilla y bajaron en un santiamén, deslizándose por el pasamanos.

En pocos segundos, aterrizaron en el suelo en una confusión de golpes, gritos y risas. Fray Tartamudo recomendó silencio a sus dos compañeros, se rascó la cabeza y exclamó:

—Mirad, ¿y si asaltáramos la dili-dili-diligencia? ¡Maja-maja-majaderos! ¿No la veis por allí?

A lo lejos, saliendo de la cocina, llegaban el hermano Pirulero, el cocinero, y el hermano Simplón con una perola de chocolate, llevada sobre unas andas de madera. Aquel día era domingo de Pascua y fray Pirulero cocinaba el mejor chocolate de fray Cucufate, para celebrar la resurrección del Señor. El chocolate olía a gloria, a edén y a paraíso. Pues ¿y los picatostes? En una bandeja humeaban los ricos picatostes, dorados por el aceite recién frito. Las cucharas de los frailes, sentados en el comedor, golpeaban los platos, impacientes por tanta tardanza.

20 *La batalla del chocolate*

—¡Manos arriba!

Los dos frailes, que acababan de doblar la esquina del claustro, aterrados, levantaron los brazos y la perola se quedó un momento en el aire. Fray Tartamudo y fray Patapalo asieron con presteza por las asas el puchero, que ya iniciaba su caída al suelo, y, en un santiamén, echaron a correr, por el pasillo adelante. Fray Rompenarices cogió la bandeja de los picatostes y siguió a sus compañeros, en veloz huida.

Fray Perico, que asomó por una puerta, dio la voz de alarma:

—¡Nos quedamos sin chocolate!

Los frailes, que esperaban impacientes en sus sillas, dieron un salto y salieron atropelladamente por encima y por debajo de las mesas presintiendo que se quedaban en ayunas.

—¡A las armas!

Cada fraile cogió el cucharón que encontró a mano y salió de estampía persiguiendo a los fugitivos. ¡Qué carreras! ¡Qué risas! Fray Mamerto, el del huerto, escondido detrás de una columna, después de persignarse, puso la zancadilla a los dos hermanos peregrinos, que pasaban al trote en dirección a la escalera principal. Las ruedas de la diligencia tropezaron y la caldera subió por el aire para colgarse en la lámpara de una manera casi milagrosa.

—¡Hurra! –gritaban los frailes que se acercaban en escuadrón, agitando y chocando sus cucharones.

Dos segundos después, fray Rompenarices rodaba por el suelo, mientras la bandeja volaba por el cielo y una lluvia de picatostes caía sobre las cabezas peladas de los frailes. ¡Qué tropezones! ¡Qué volteretas, qué risas y saltos por coger un picatoste! Por aquí, la cabeza de fray Olegario; por allá, el pie de fray Mamerto; por este lado, un brazo de fray Bautista, el organista; por el aire, una sandalia de fray Procopio; un lío de rosarios, de cíngulos, de capuchas..., y el gato, que no sé por qué se vio envuelto en la tremenda algarabía. Voces, risas, maullidos, sandalias y picatostes, y, luego, a brincar con los cucharones, para alcanzar un sorbo de chocolate.

Fray Perico se subió a una escalera de madera que trajo a toda prisa, pero fray Pirulero fue el primero que subió y el primero que metió la nariz en la olla, colgada a cinco metros

del suelo. Y como a todo el mundo le pareció de perlas aquella torre de Babel que casi llegaba al techo, se encaramaron por los peldaños, cucharón en mano, uno, cinco, siete, nueve, doce, quince frailes, hasta que se cayó la escalera, el caldero, la lámpara, los frailes, el gato y, ¡cataplum!, todos al suelo rociados de chocolate.

Fray Perico, con el caldero en la cabeza, gemía en un rincón; fray Procopio colgaba de la cadena de la lámpara; fray Simplón estaba suspendido de un clavo, en la pared, cogido por los faldones; y los demás, sentados en el suelo, rascándose los chichones y cardenales.

Lo malo fue que el padre superior, al oír desde su celda aquel zafarrancho, bajó las escaleras de cuatro en cuatro, creyendo que el convento, por ser el día glorioso de Resurrección, volaba por los aires.

21 El milagro de la mosca

Los frailes se levantaron con las orejas gachas, pensando en el castigo del padre Nicanor, hombre más serio que una castaña en Viernes Santo. El padre superior alargó más su cara y se metió en la capilla, para meditar concienzudamente, ante San Francisco, qué escarmiento merecían aquellos benditos frailes que por un caldero de Pascua habían perdido barbas, capuchas y sandalias.

Fray Nicanor sacó su rosario y rezó tres seguidos sin pestañear, con sus letanías, glorias, credos y salves correspondientes. Su cara, seria de ordinario, se iba oscureciendo y alargando, a cada *Avemaría*, de tal manera que San Francisco comenzó a temblar, de verle tan hosco y tan feo.

Mientras rezaba, el fraile se imaginaba a los religiosos derribados por el suelo, con los hábitos llenos de sietes; a fray Procopio, colgando de la lámpara; a fray Simplón, suspendido como un calendario en la pared; a fray Olegario, con un ojo morado.

A San Francisco le comenzó a entrar en el

pecho un hormiguillo de risa, al ver la cara tan terrible del superior. Mas como era tan prudente, se contuvo como pudo. Pero una mosca, que andaba dando el tostón de florero en florero, se puso en la nariz del santo, y el pobre, por no estornudar, comenzó a poner una cara tan extraña que el fraile se quedó maravillado de ver a San Francisco tan risueño en unos momentos tan solemnes.

—Tengo que castigarlos duramente –suspiró el superior.

«No es para tanto», pensaba San Francisco, mientras se espantaba la mosca en un descuido del padre Nicanor.

La mosca, asustada, fue a posarse en la cabeza pelada del fraile, que, de un manotazo, la estampó en su venerable calva. De buen grado, San Francisco hubiera dado otro manotazo al fraile, por tener tan poca caridad con un animalillo indefenso, pero se contuvo.

Mientras tanto, los frailes asomaban temblorosos por las puertas de la iglesia, sospechando que, de rezos tan largos, iban a salir castigos gordos y prolijos. Y cuando vieron que su superior dejaba medio manca y paticoja a la humilde mosca, dieron un salto, como si fueran ellos y no la mosca las víctimas de aquel papirotazo.

Levantose, al fin, el padre Nicanor, para besar el rosario de San Francisco y este aprovechó el momento, para coger levemente, de la cabeza del fraile, la humilde bestezuela y, dándole un soplo, le dijo con dulzura:

—Vete, hermana mosca, y no se te ocurra picar al padre Nicanor, cuando le veas con esa cara.

La mosca salió zumbando camino de la cocina, donde fray Pirulero pelaba las patatas, entre un zumbido inefable de pacíficas hermanas.

22 *La muerte de la cigüeña*

Pasaron estos días maravillosos. Una tarde se oyó a lo lejos una trompeta: ¡Taratíiiiiiiiiii! Los frailes tiraron la cuchara y se quedaron blancos e inmóviles. Calcetín tuvo un escalofrío y metió su cabeza en la capucha de fray Perico. Pasó un cuarto de hora. Nadie se movía.

¡Buuuuuuuuuuuuuuuuuuuuuuuuummm!

Un trueno muy confuso se oyó allá, por la llanura. Era algo terrible, como del otro mundo. El padre superior se llevó la mano al rosario y se le cayó una lágrima, de los ojos arrugados. Dijo tristemente:

—Eso debe de ser la guerra... La guerra que llega, hermanos.

Entonces, los frailes subieron inquietos, al campanario. A lo lejos, por la parte de Madrigal de las Altas Torres, se veía humo.

—¿Qué pasará? –dijo el superior.

—Voy por mi anteojo, a la biblioteca.

—¿Qué se ve? ¿Qué se ve? –preguntaron los frailes.

Miró el buen fraile y sus manos temblaron:

—Humo, mucho humo...

—¡Serán hogueras!

—No, no. Es Madrigal que está ardiendo.

—¡Dios mío! Los franceses lo han quemado.

—Y esas hormigas que se ven, ¿qué son?

—Son soldados, soldados que huyen.

—¿Y esos cristales que brillan?

—Bayonetas, bayonetas. Están lejísimos.

La tarde iba cayendo y el humo se extendía lentamente. Los frailes se pusieron a rezar en el campanario. En el cielo vieron un punto negro que se destacaba entre el humo. Venía despacio.

—¿Qué es ese punto negro, fray Procopio?

—Parece un pájaro grande. Tiene un pico muy largo.

—Será la cigüeña de nuestra torre.

—¡Pobrecilla, vendrá asustada!

Llegó la cigüeña y cayó en el patio del convento junto a fray Perico y Calcetín.

—Tiene un tiro en el pecho.

—Sí, la pobre ha venido a morir a su casa.

Los frailes, muy apenados, enterraron en la huerta a la cigüeña. Fray Perico dijo:

—Este es el primer hermano que nos mata la guerra. Descanse en paz.

Sería el anochecer cuando llegaron los primeros soldados. Los soldados venían ensangrentados y sudorosos. Eran españoles.

—¿Por qué venís tan tristes?

—Porque vamos de retirada. Somos uno contra diez.

—¿Y los franceses?

—Están en Madrigal. Mañana llegarán aquí.

Los frailes ayudaron a los soldados, como pudieron y fray Perico llevó, a lomos de Calcetín, muchos heridos, hasta el pueblo. El pelo blanco del borriquillo se tiñó suavemente con la sangre de los soldados. Durante dos horas estuvieron pasando aquellos hombres aguerridos y extenuados. Después comenzaron a pasar unos soldados rubios y blancos, con uniformes rojos y dorados.

—¡Son ingleses! –exclamaron los frailes.

—¡Son ingleses del general Wellington!

Los ingleses saludaban alegremente a los frailes y al borriquillo. Fray Perico estaba con la boca abierta viendo pasar aquellos grandes cañones y aquellos soldados colorados.

—¡Parecen de plomo!

Por fin, montado en un caballo castaño, llegó el valeroso general Wellington. Paró su cabalgadura, saludó a los frailes con mucha cortesía y acarició al borrico.

—*Do you sell it to me?*

—¿Que si se lo vendemos? –tradujo fray Olegario.

—No, no, de ninguna manera –exclamaron a coro los frailes.

El general se despidió sonriente y picó a su caballo.

—¡Adiós, hermanos! ¡Adiós, borriquillo!

—¡Buena suerte, general! ¡Qué Dios le ayude!

23 *Los franceses*

LLEGARON los franceses. Estaban los frailes en el huerto y todo se llenó de soldados. Parecía que habían salido de la tierra. Todo lo revolvieron. Subían y bajaban los escalones, miraban debajo de las camas, y cuando veían alguna cosa que les llamaba la atención, la guardaban en un saco. No obstante, eran muy corteses. Siempre estaban repitiendo lo mismo: «Pagdón, mesié. Pagdón, mesié».

Tropezaban con fray Perico: «Pagdón, mesié». Metían en el saco un cuadro: «Pagdón, mesié». Después de recorrer todo el convento llegaron a la bodega. Al ver tantas cubas, los soldados se quedaron maravillados. Empezaron a beber un vaso; pero les gustó, y se bebieron una jarra. Era tan exquisito aquel vino que tiraron las jarras y bebieron a chorro. Cuando se hartaron de vino, subieron a la despensa. Se comieron el tocino, cogieron los chorizos y se los colgaron alegremente al cuello. Se zamparon las galletas y el queso.

—Son peores que los ratones –se lamentaba fray Pirulero–. ¡Lástima de escoba!

Lo peor fue que en el comedor vieron a Calcetín.

—¡Un *boguico*, un *boguico*! –exclamaron sorprendidos, al verlo comiendo en la mesa. Tan gracioso les pareció, que se lo quisieron llevar.

Los frailes se abrazaron al borrico, pero los soldados repetían:

—*Queguemos el boguico.*

—No, no, no.

—*Oui, oui, oui.*

Los frailes cogieron al borrico del ramal y lo quisieron sacar por una puerta. ¡Ah!, pero los soldados lo cogieron por la cola. Entonces soltó tres pares de coces y aquellos cayeron patas arriba; los soldados volvieron a coger al borrico por la cola.

En ese momento, en lo alto de la escalera aparecieron los tres ladrones con sus trabucos, dispararon y se cargaron los cristales de las ventanas. Los soldados, sorprendidos, soltaron la cola del borrico y, ¡cataplum!, los frailes y el borrico salieron rodando por el suelo.

Entonces, Monpetit, el más viejo y más feo de todos, sacó furioso de la guerrera un papel sellado. El padre Nicanor lo leyó y se quedó blanco como la pared. Era una orden de requisar todas las cosas de valor que hubiera en

el convento: los cuadros, las estatuas, los candelabros. El padre superior pensó enseguida en San Francisco. Era tan hermosa la imagen, tanta su antigüedad y tan insigne por sus milagros, que no había duda de que aquellos hombres no habían venido a otra cosa que a llevarse al pobre San Francisco.

«¿Qué pasará cuando los soldados entren en la capilla y vean la venerada imagen?», pensó el buen fraile. «Seguro que se la llevarán a algún extraño país, lejos de su amado convento y de sus frailes.»

Al escuchar las tristes nuevas de labios del superior, los frailes corrieron a la capilla, se postraron ante San Francisco y le suplicaron:

—Huye, San Francisco. Tú, que todo lo puedes, baja de tu altar y escóndete donde estos hombres no puedan encontrarte.

24 *El puntapié de San Francisco*

San Francisco no se movió. Se quedó sereno y tranquilo mirando al cielo, con las manos juntas, como si la zozobra y el temor de los frailes no fueran con él. Pero su corazón, por allá dentro, le latía de una manera desacostumbrada. Al ver la terquedad del santo, fray Perico se daba de puñetazos en la cabeza, y después de suplicarle, una y cien veces, que hiciera lo que el superior le decía, exclamó:

—Ya que no quiere huir, ¿por qué no le escondemos en la carbonera?

—Es cierto –respondieron los frailes–. ¿Quién va a buscarlo allí?

Ya iban los pobres frailes a poner en práctica su idea, cuando los soldados, que habían desvalijado ya la despensa y destrozado la biblioteca y saqueado todo cuanto de valor había en el convento, comenzaron a golpear la puerta de la capilla.

Al entrar, encontraron a todos los religiosos, asustados, de rodillas ante el altar. Estaba San Francisco pálido y tembloroso, temiendo por sus frailes. Su barba negra se destacaba en la blancura de su cara y sus ojos de cristal, húmedos por las lágrimas, parecían casi de verdad.

Los soldados se quedaron un momento mirando la imagen con cierto temor y respeto, hasta que Monpetit avanzó y dijo a sus soldados:

—¿De qué tenéis miedo? ¿No veis que solo es una estatua de madera?

Y para probarlo, levantó el mosquetón y se dispuso a golpear la imagen. Los frailes cerraron los ojos y se apretujaron en derredor de San Francisco.

Entonces fue cuando, según cuentan algunas crónicas del convento, San Francisco, que en su vida jamás había ni siquiera levantado una mano para sacudirse una mosca, levantó el pie y le dio un puntapié en las narices que le hizo rodar por el suelo. Sin embargo, otros dicen que fue un puño, el puño de fray Rompenarices, el que salió de entre los floreros y volvió a meterse en un abrir y cerrar de ojos.

Y, en ese momento se oyeron redobles como de un centenar de tambores y ruido de instrumentos músicos. ¡Tararíiiii!, sonó una trompeta, y el viejo sargento, que yacía en el suelo, dio un brinco, se sacudió el traje y cogió las armas:

—¡Le *roi*! ¡Le *roi*! ¡Que viene le *roi*!

25 'Pagdón, mesié'

EL viejo sargento se abrochó la guerrera, se puso el gorro de pelo de gato y gritó:

—*Compagnie, à former!*

Los soldados formaron a la puerta del convento y la banda de música tocó una marcha militar. Era el rey José Bonaparte que llegaba montado a caballo, acompañado de varios generales. Cuando vio a los soldados despeluchados y sin un botón en la guerrera, se enfadó mucho y llamó a Monpetit. Este se presentó con la guerrera llena de sietes y además le faltaba una bota. El rey le miró de arriba abajo y le preguntó:

—¿Qué ha pasado?

—Nada, señor.

—¿Y tus dientes? ¿Dónde están tus dientes?

—Los perdí en el campo de batalla, señor.

El rey reparó en que algunos soldados llevaban un saco a la espalda. Mandó que los abrieran y vio que estaban llenos de cuadros, de jarrones, de cucharas, de jamones.

—¿Dónde habéis cogido todo esto?

—Nos lo hemos encontrado –respondieron los soldados temblando.

—Narices –respondió el rey–. Se lo habéis robado a los frailes.

El rey mandó devolver todas las cosas y, reparando en que un soldado tenía atado con una cuerda a Calcetín, todo asustado y tembloroso, y viendo a fray Perico a su lado con un ojo a la funerala, le dijo:

—*Pagdón, mesié*, ¿es suyo ese *boguico*?

—*Oui*, señor.

—Entonces lléveselo.

El rey mandó que metieran en el calabozo a todos los soldados y que les tuvieran a pan y agua. Luego se acercó al padre superior, que tenía el hábito lleno de rotos, y le dijo:

—*Pagdón, mesié*, ¿han roto algo mis soldados?

—*Oui*, señor. Han roto algunas sillas, algunas mesas y algunos jarrones, y a mí por poco me rompen las narices.

El rey dijo:

—*Pagdón, mesié* –y dio al superior una bolsa de oro, para pagar los destrozos.

El sol lucía con todo su esplendor y se oía el chocar de las grandes perolas del rancho y el relinchar de los caballos porque en la llanura acampaba con gran ruido un numeroso ejército. Como eran las doce del mediodía, el rey pidió, afablemente, de comer. Fray Pirulero, el cocinero, preparó una comida suculenta, a base de pavo trufado y tostón al horno. Sentáronse los frailes a un lado de la mesa y, al otro, los ilustres militares del rey, Massena y Marmont, llenos de cruces y medallas. Calcetín se colocó al lado del rey. A este le maravillaba muchísimo que un burro comiera en la mesa de los frailes. Fray Perico, como siempre, puso al borrico la servilleta. El rey estaba asombrado y no hacía más que repetir:

—¡Qué *boguico* más *gracieux*!

Los frailes le contaron entonces toda la historia del borrico y la curación milagrosa realizada por San Francisco. El rey estaba con la boca abierta escuchando la historia y el burro, entre tanto, le comió el pan y un trozo de pavo, lo cual hizo sonreír a todos. En medio de la comida dijo el rey:

—*Du vin? Avez-vous du vin?*

—Vino, vino –gritó fray Olegario.

—Vino, vino –gritaron los tres ladrones, muy contentos de poder echarse unos tragos al coleto. Corrió fray Silvino a la bodega y trajo un vino viejísimo. Los generales franceses dijeron que nunca habían bebido un vino mejor. El borrico bebió también de su vaso y se relamió de lo bueno que estaba.

Al final de la comida, el rey quiso conocer a San Francisco, y los frailes le llevaron a la iglesia. Allí estaba San Francisco, con la cara muy preocupada. El rey miró la imagen largo rato y exclamó:

—Parece que está muy triste.

—Sí lo está –dijo fray Perico–. El pobre está pensando en la guerra, en los muertos, en los heridos, en los campos destrozados.

El rey Bonaparte bajó la cabeza conmovido, apretó el brazo de fray Perico y salió despacio de la iglesia. Al salir del convento, se alzó un gran clamor de voces y resonaron las bandas de música. El rey agradeció con vivísimas muestras de afecto la bondadosa acogida de los frailes, su comida y su vino. Luego abrazó a fray Perico y a Calcetín con cariño.

En este momento, todo el ejército se puso en movimiento. El rey Bonaparte y su séquito montaron en briosos caballos, bajaron a la llanura y siguieron camino adelante para perseguir a las tropas de Wellington que se dirigían a Astorga, a defenderse detrás de sus murallas.

Y mientras las últimas casacas azules de los

franceses se perdían en el robledal, fray Olegario, desde el torreón de la veleta torcida, tomaba buena cuenta de ellos. Desaparecieron, por fin, los últimos soldados en el ribazo y reinó un silencio inquietante. ¡Cómo le temblaba el pulso al pobre fray Olegario! Acababa de mojar en el tintero la pluma y ya levantaba la mano para poner punto final a su tarea, cuando, ¡cataplum!, un cañonazo cayó entre los floridos almendros con los que se dio comienzo a nuestra historia. ¡Adiós nuestra mariposa! Levantó el vuelo y no sabía dónde posarse.

El valle retumbaba y las florecillas estaban encogidas de miedo.

Pero aquí ya terminan las palabras de nuestro fraile, porque otra bala de cañón entró por una ventana del torreón y salió por la otra, llevándose de la mano la pluma, la larga pluma de ave con la que escribía fray Olegario. Este ya no esperó más. Salió corriendo escaleras abajo. En el patio se oían voces y fray Perico gritaba:

—¡Que se llevan a San Francisco...!

Y, por favor, no sigáis leyendo. El papel está ya todo en blanco porque, con tanta prisa, a fray Olegario se le olvidó poner punto final, y, la verdad, yo no soy capaz de ponerlo tampoco.

Índice

1 La mariposa 7

2 La escalera coja 13

3 Un chapuzón en el Tormes 17

4 La garlopa de fray Opas 19

5 A Salvadiós 23

6 El mes de las flores 27

7 La manzana de la discordia 31

8 Los gusanos de seda 35

9 ¡Queo! ¡El padre superior! 39

10 Las lágrimas de fray Nicanor 43

11 ¡Que se escapan las letras! 47

12 El hambre 51

13 ¡Total, una hoja! 53

14 Los tres ladrones 57

15 Vestidos de frailes 61

16 Pim, pam, a la puerta dan 65

17 Los extraños peregrinos 69

18 Roncando a pierna suelta 75

19 Asalto a la diligencia 79

20 La batalla del chocolate 83

21 *El milagro de la mosca* 87

22 *La muerte de la cigüeña* 91

23 *Los franceses* 95

24 *El puntapié de San Francisco* 99

25 *'Pagdón, mesié'* 101

OTROS LIBROS DE LA SERIE FRAY PERICO:

1. *FRAY PERICO Y SU BORRICO*
2. *FRAY PERICO Y LA PRIMAVERA*
3. *FRAY PERICO EN LA GUERRA*
4. *FRAY PERICO, CALCETÍN Y EL GUERRILLERO MARTÍN*
5. *FRAY PERICO EN LA PAZ*
6. *FRAY PERICO Y MONPETIT*
7. *FRAY PERICO Y LA NAVIDAD*
8. *FRAY PERICO DE LA MANCHA*

EL BARCO DE VAPOR SERIE NARANJA / FRAY PERICO